Tafitis Welt von Julia Boehme und Julia Ginsbach:

Band 1: Tafiti und die Reise ans Ende der Welt
Band 2: Tafiti und das fliegende Pinselohrschwein
Band 3: Tafiti und das Riesenbaby
Band 4: Tafiti und Ur-ur-ur-ur-ur-uropapas Goldschatz
Band 5: Tafiti und ein unheimlicher Held
Band 6: Tafiti und die Affenbande
Band 7: Tafiti und der Honigfrechdachs

Meine Freunde (Tafiti)
Tafiti – Mein Malbuch

Lernen mit Tafiti – Erste Buchstaben
Lernen mit Tafiti – Zahlen von 1 bis 10

Tafiti und der geheimnisvolle Kuschelkissendieb

FSC
www.fsc.org
MIX
Papier aus verantwortungsvollen Quellen
FSC® C109273

ISBN 978-3-7855-8225-1
2. Auflage 2016
© Loewe Verlag GmbH, Bindlach 2016
Umschlag- und Innenillustrationen von Julia Ginsbach
Text von Julia Boehme
Umschlaggestaltung: Elke Kohlmann
Printed in Poland

www.loewe-verlag.de
www.tafitiswelt.de

Julia Boehme · Julia Ginsbach

Tafiti

und der geheimnisvolle Kuschelkissendieb

Loewe

Mitten in Afrika, wo die Savanne am schönsten ist, wohnt Tafiti.
Und zwar mit Omama, Opapa, Tutu und Baba. Und mit Pinsel. Der ist zwar kein Erdmännchen wie alle anderen, sondern ein Pinselohrschwein – trotzdem ist er Tafitis allerbester Freund.

Wenn die beiden nicht gerade auf Abenteuersuche sind, liegen sie zusammen in der Hängematte und schauen sich die Wolken an.
„Die sieht aus wie ein Nashorn mit Schnupfen", kichert Pinsel.
„Und die wie King Kofi mit Flügeln", ruft Tafiti und muss lachen.
Denn eigentlich ist der fiese Löwe alles andere als ein Engel!

Höchste Zeit zum Schlafengehen. Die Sonne ist längst untergegangen. „Mein Kissen!", ruft Tafiti. „Das ist noch draußen in der Hängematte!" „Dann holen wir es eben", schnauft Pinsel und wühlt sich noch einmal aus dem Bett.

Draußen steht der Mond rund und hell am Himmel.
Tafiti springt zur Hängematte. „Na, so was!", ruft er verwundert.
„Wo ist es denn nur?"
Pinsel und Tafiti schauen sich suchend um. Vielleicht ist das Kissen einfach nur aus der Hängematte gefallen. Doch es liegt auch nicht auf dem Boden. Es ist spurlos verschwunden!

Pinsel wackelt mit den Ohren. „Vielleicht hat es sich jemand ausgeliehen?"
„MEIN Kissen?" Tafiti schnappt nach Luft. „Wir müssen es uns wiederholen.
Los, lass es uns suchen gehen!"
„Jetzt?" Pinsel schaut ihn mit großen Augen an. „Mitten in der Nacht?
Spinnst du?"
„Ich brauche es aber", erklärt Tafiti. „Ohne mein Kissen kann ich nicht
schlafen!"

„Nachts ist das viel zu gefährlich! Was da für komische Tiere rumlaufen …" Pinsels Ohren zittern ein wenig. „Und außerdem ist es viel zu dunkel!"
In dem Moment wird es auf einmal taghell.
„Können wir euch helfen?", wispert es.
„Super! Wenn ihr uns leuchtet, finden wir mein Kissen ruckzuck!", ruft Tafiti begeistert und strahlt fast genauso wie die zappeligen Glühwürmchen.

Plötzlich raschelt es. Erschrocken drehen sich Tafiti und Pinsel um. Vor ihnen steht ein merkwürdiges Tier mit Rüssel, Hasenohren und Känguruschwanz.
„Kukukifuku!", grunzt Pinsel erleichtert. „Hast du uns erschreckt!"
Das Erdferkel grinst. „Was macht ihr auch nachts hier draußen? Solltet ihr nicht längst schlafen?"

„Schon, aber wir suchen mein Kuschelkissen", erklärt Tafiti. „Hast du es vielleicht gesehen?"
„Nö!" Kukukifuku schüttelt seinen Rüssel. „Aber ich habe da so eine Idee. Ich kenne welche, die nehmen einfach alles mit! Und wenn es hundertmal größer ist als sie. Kommt mit!"

Die drei Freunde machen vor einem großen Ameisenhügel halt.
„Du denkst, es waren die Ameisen?" Pinsel schüttelt ungläubig den Kopf.
„Na klar", nickt Kukukifuku. „Du ahnst gar nicht, was die alles in ihren Bau schleppen!"
Tafiti beugt sich zu den kleinen Krabblern hinunter. „Habt ihr mein Kissen gesehen?", fragt er freundlich.

„Haut ab!", rufen die Ameisen sauer, denn Kukukifuku hat sie zum Fressen gern. „Wir haben euer blödes Kissen nicht! Und damit basta!"

Auf einmal kommt es Tafiti so vor, als ob sie jemand beobachtet.
Sein Herz stockt, als er ein Paar riesengroße Augen entdeckt.
Die gehören bestimmt zu einem furchtbaren Ungeheuer.
Aber Pustekuchen! Es ist Lori. Er ist ganz klein und harmlos – nur seine Augen sind groß. Bewegungslos hängt er an einem der Äste.
„Ja, hallo!", ruft Tafiti erleichtert.
„Ich bin gar nicht da", haucht Lori. „Also könnt ihr mich auch nicht fressen!"

Pinsel prustet los. „Keiner will dich fressen! Wir suchen
Tafitis Schmusekissen. Hast du es vielleicht gesehen?"
„Nein", nuschelt Lori. „Ehrlich nicht!"

„Schade", seufzt Tafiti. „Halt weiter die
Augen offen, okay?"

„Okay", flüstert Lori und schaut
ihnen noch lange hinterher.

„Guck mal, hier wohnt jemand!“ Tafiti schlüpft in die Höhle. „Hallo! Wir hätten da mal eine Frage.“
„Diebe, Einbrecher!“, grölt der Dachs. „Ihr wollt nur meinen Honig klauen!“
„Gar nichts wollen wir klauen“, grunzt Pinsel. Obwohl, von dem leckeren Honig würde er schon gerne probieren …

Doch Tafiti schaut ihn streng an.
„Wir suchen nur was", erklärt er. „Und zwar mein Kissen."
„Dein Kissen? So eine faule Ausrede habe ich ja schon lange nicht mehr gehört", knurrt der Honigdachs. „Und jetzt raus mit euch! Aber dalli!"

Also suchen die beiden Freunde weiter.
Pinsel gähnt. „Hoffentlich finden wir es bald!"
Da löst sich plötzlich ein Schatten vom Baum.
Und etwas Großes springt auf sie zu. Es ist Leo,
der Leopard. Schon hat er die beiden gepackt.
„Hab ich euch!", johlt er und grinst von einem
Ohr zum anderen. „Mmh, Erdmännchen an
Schweinebraten! Mit so einem köstlichen
Abendessen habe ich gar nicht gerechnet!"
Tafiti und Pinsel schauen sich verzweifelt an.
Au Backe, was nun?

Doch bevor Tafiti auch nur Piep sagen kann, raschelt es im Savannengras und seine Löwenmajestät King Kofi schreitet auf sie zu. Mit seltsam glasigem Blick.
„Ich bin der Be*f*ste!", lispelt er. „Ich bin der *f*Stärk*f*ste! Macht Plat*f*z für *f*Seine Maje*f*stät!"
„Oh!" Leo vergeht sein Grinsen. King Kofi schätzt es ganz und gar nicht, wenn man in seinem Revier jagt.

„Liebe hochverehrte Majestät!", säuselt Leo. „Schauen Sie nur, was ich für Sie ergattert habe. Die beiden hier sind natürlich für Sie! Ich wünsche guten Appetit!"
Und damit verbeugt sich Leo hastig und prescht davon. Mit King Kofi will er sich lieber nicht anlegen.

Bedröppelt stehen Tafiti und Pinsel vor King Kofi. Ein paarmal sind sie ihm schon entwischt. Aber wie sollen sie es diesmal anstellen? Wegrennen bringt gar nichts. Der Löwe ist dreimal schneller als sie.

Doch was ist das? King Kofi schaut sie nicht einmal an, sondern marschiert einfach weiter, als wären sie gar nicht da.

„Ich bin der Be*f*ste! Ich bin der *f*Stärk*f*ste! Macht Plat*f*z für *f*Seine Maje*f*stät!", murmelt er dabei.
Fast wäre er gegen einen Baum gelaufen, hätte Tafiti ihn nicht sanft beiseitegezogen.

„Er ist gar nicht wach! Der schlafwandelt", flüstert Tafiti seinem Freund Pinsel zu.
Und dann machen die beiden, dass sie davonkommen, bevor Seine Majestät doch noch aufwacht!

Nach einer Weile bleiben die Freunde japsend stehen. Und da sieht Tafiti auf einmal sein Kissen. „He, aufhören!", ruft er. „Das ist MEIN Kissen!" Der Springhase hüpft noch höher als sonst. „Von wegen, das ist MEIN neues Trampolin!"

„Nein, das ist mein Kuschelkissen!", stellt Tafiti klar. „Das brauch ich zum Schlafen."

„Echt?" Der Hase legt sich kurz hin und probiert es aus. „Boah, ist das weich! Darf ich auch mal darauf schlafen?"

Tafiti gähnt. „Wann schläfst du denn immer?"

„Wenn die Sonne aufgeht", erklärt der Springhase und hüpft ausgelassen um Tafiti und Pinsel herum.

„Na gut, sobald ich aufgewacht bin, kannst du mein Kissen haben", meint Tafiti und gähnt gleich noch einmal.

„Echt? Super!", jubelt der Hase und springt vor Freude hoch in die Luft.

Müde wirft sich Pinsel auf sein Bett. „Endlich wieder zu Hause!", schnauft er. Auch Tafiti merkt auf einmal, wie müde er ist. Glücklich kuschelt er sich auf sein Kissen. „Gute Nacht, Pinsel! Und vielen Dank!", murmelt er.

Aber da ist Pinsel längst eingeschlafen.
Auch Tafiti fallen die Augen zu. Und eins ist
klar, mit seinem Kuschelkissen hat er die
allerschönsten Träume!